第五辑

我也会发明

I AM ALSO AN INVENTOR

冬奥与知识产权

策　划　诸敏刚
撰　文　李丹芷

知识产权出版社
全国百佳图书出版单位
—北京—

图书在版编目（CIP）数据

我也会发明．第五辑：冬奥与知识产权 / 诸敏刚策划；李丹芷撰文．— 北京：知识产权出版社，2021.12

ISBN 978-7-5130-7891-7

Ⅰ．①我… Ⅱ．①诸… ②李… Ⅲ．①故事—作品集—中国—当代 Ⅳ．①I247.81

中国版本图书馆 CIP 数据核字（2021）第 239532 号

责任编辑： 李　婧

装帧设计： 智兴设计室·索晓青　　　　**责任印制：** 孙婷婷

我也会发明（第五辑）——冬奥与知识产权

策　　划　诸敏刚

撰　　文　李丹芷

绘　　画　智兴设计室·索晓青

封面插画　宁晓宏

出版发行： 知识产权出版社有限责任公司　　**网　　址：** http：//www.ipph.cn

http：//www.laichushu.com

电　　话： 010-82004826

社　　址： 北京市海淀区气象路 50 号院　　**邮　　编：** 100081

责编电话： 010-82000860 转 8594　　**责编邮箱：** laichushu@cnipr.com

发行电话： 010-82000860 转 8101　　**发行传真：** 010-82000893

印　　刷： 北京中献拓方科技发展有限公司　　**经　　销：** 各大网上书店、新华书店及相关专业书店

开　　本： 890mm × 1240mm　1/24　　**印　　张：** 4.5

版　　次： 2021 年 12 月第 1 版　　**印　　次：** 2021 年 12 月第 1 次印刷

字　　数： 55 千字　　**定　　价：** 59.00 元

ISBN 978-7-5130-7891-7

第五辑

我也会发明

I AM ALSO AN INVENTOR

编委会

序言

诸敏刚

北京2022年冬奥会和冬残奥会（以下简称北京冬奥会）是我国重要历史节点的重大标志性活动，是展现国家形象、促进国家发展、振奋民族精神的重要契机。目前，北京冬奥会筹办工作正紧锣密鼓地向前推进，冬奥知识产权保护工作也在有条不紊地开展。

习近平总书记在中央政治局第二十五次集体学习时强调，创新是引领发展的第一动力，保护知识产权就是保护创新。作为知识产权工作的主管部门，国家知识产权局一直高度重视北京冬奥会的知识产权保护工作，“赛事未动、保护先行”，采取多项举措扎实推进涉冬奥会的知识产权保护工作，充分保障2022年北京冬奥会顺利举办，推动树立我国严格保护知识产权的良好国际形象，最大限度保护奥林匹克无形资产，为提升奥运品牌、发展奥运经济、拓展奥运产业发挥应有作用。

在此背景下，知识产权出版社重点策划推出《我也会发明（第五辑）——冬奥与知识产权》图书。该图书包含8个发明创造的小故事，也含有知识产权侵权案例，还有丰富的冬奥小知识。希望青少年朋友能够在阅读故事中树立知识产权意识，培养创新创造能力，学习冬奥基础知识。

此外，知识产权出版社还打造了“我也会发明”系列活动，该系列活动以《我也会发明》系列图书为纽带，已在北京、河北、内蒙古、吉林、江苏、山东、河南、陕西的多所知识产权教育试点学校开展，对推动知识产权教育试点工作深入开展、提升青少年知识产权保护意识和创新能力意义重大。基于国家知识产权局奥林匹克知识产权保护工作的总体要求和具体安排，为了进一步在广大青少年中宣传冬奥会知识、提升青少年冬奥知识产权保护意识，冬奥“我也会发明”知识产权进校园系列活动也即将开展。

青少年创新创造能力的培养，是推动大众创业、万众创新的人才支撑。青年一代有理想、有本领、有担当，国家就有前途，民族就有希望。青少年是我国社会主义现代化建设的接班人，他们蕴藏着无限的创造力。只有大力开发和提高青少年的创造能力，才能为我国科技创新和经济转型升级储备人才，才能进一步驱动我国经济社会向前发展，才能发动大众创业、万众创新的强大引擎，从而实现中华民族的伟大复兴。希望《我也会发明（第五辑）——冬奥与知识产权》能够为提高青少年冬奥知识产权保护意识，带动全社会对奥林匹克及北京冬奥会品牌的保护和参与北京冬奥会的热情做出贡献！

（作者系知识产权出版社有限责任公司党委书记、董事长、总经理）

我也会发明

1 让力量变成能量……01

2 陀螺沥水篮……11

3 旅行牙刷……23

4 是谁在敲门……35

5 小鱼不再饿肚子 ………………………… 47

6 神奇的大门……………………………………59

7 包饺子神器……………………………………71

8 从水中“钻”出来的广告创意 ……… 83

目录

我也会发明

1

让力量变成能量

“哇！好多好吃的呀！我要把它们统统吃光……”睡梦中，乐乐梦见了一桌的美食、零食和饮料，他左一口右一口地吃着，感觉太美妙啦！

清晨的闹钟惊醒了熟睡中的乐乐。乐乐擦了擦嘴角的口水，拖着沉重的步伐走到衣柜旁，开始穿衣穿裤。天气渐凉，妈妈为乐乐准备好了秋裤。“哎哟！哎哟！”乐乐使劲儿地套着裤腿，瘦瘦的裤腿勒得乐乐的小胖腿特别疼。“咦？裤子怎么穿不进去啦？难道是……”乐乐马上跑到了镜子前面，看着镜子中自己鼓鼓的小肚子，粗壮的大腿，还有圆嘟嘟的脸，冲着镜子里的“小胖子”喊道：“啊！我胖啦！我要减肥！”

“怎么啦？”妈妈一边端来早餐，一边好奇地问道。乐乐说：“我连裤子都穿不进去啦！”

“哈哈！叫你成天就知道吃，也不运动！这下好了，裤子都要换大一号喽！”妈妈笑着说道。

“我要减肥！我一定要瘦回去！”乐乐对着

镜子里胖胖的自己说道，“我不吃早饭啦！”

“不吃早饭怎么行？你正是长身体的时候，胖可不是因为吃得多，是因为不运动！”妈妈说道，“从今天开始锻炼身体吧！”

“那我今天就开始锻炼身体！”可是乐乐看着窗外萧瑟的秋风吹动树梢，吹落了树上的片片黄叶，不由得打了个寒战。

“怎么？刚刚还信誓旦旦地喊口号，现在又想打退堂鼓？”妈妈挑着眉毛，试探地问道。

“没……没有……只是现在外面有点冷，我怕……出去跑步会生病！”乐乐支支吾吾地说道。

“想运动，还不想出去？嗯……我给你想办法！”

第二天，乐乐放学回到家。

“乐乐回来啦？”只见爸爸穿着一身运动装，脖子上搭着一条毛巾，满头大汗地走过来。

“咦？爸爸，你出去跑步刚回来吗？”乐乐挺着鼓鼓的小肚子问道。

“没有啊！我是在家里锻炼的。你妈妈为了减掉你身上的肥肉，给你买了个跑步机，我先帮你试了试。嗯！效果还不错！你也来锻炼吧！”

“真的吗？”乐乐瞪大了眼睛看着崭新的跑步机，迫不及待地踩了上去，“就这样跑步吗？”

“是的，不过你要先慢一点！”乐乐的小脚丫踩在跑步机上，“可以开始运动啦！”

“怎么样？累吧？”

“呼呼……累，好累啊！”乐乐没跑几下，就累得气喘吁吁了。

“累就对啦！这样才能达到运动的效果呢！”爸爸看着乐乐吃力的样子笑着说道。

时间一天一天过去了，经过近一年的坚持，乐乐变得越来越健壮了。又到了乐乐喜欢的秋游季节，乐乐要和妈妈爸爸一起去秋游。

好累啊！

他们到了郊外的田野上，一片一片农田映入眼帘，风儿吹过，无比惬意。远处，一排排白色的转动的“风车”引起了乐乐的注意，“风扇”转动着，像是要“起飞”一样。

“爸爸，这‘风车’是干什么用的？为什么它的‘风扇’能一直转动呢？”乐乐问道。

“这叫风力发电机！风扇能够一直转动是因为风的缘故。”爸爸解释道，“风力发电是把风的动能转化为电能，是利用风力带动风车叶片旋转，再通过增速机将旋转的速度提升，进而促使发电机发电。风是一种不产生有害物质的能源，利用风力发电非常环保，而且能够产生巨大的电能呢！”

“哦，风的动能可以转化为电能！”乐乐皱着眉头重复道，好像想到了什么。

“是啊，能量是相互转化的！你到初中就能学到这些

知识啦！”爸爸说道。

晚上，乐乐回到家，继续在跑步机上锻炼身体。他一边跑步，一边想：风的力量能够转化成电能，那……我的力量也可以转化成别的能量吗?

乐乐马上把这个想法告诉了爸爸。爸爸听后眼睛一亮，说道：“哦，你也想把你运动的力量转化为能量啊！这个想法很好啊！”

“对啊！我可不想浪费我的能量！”乐乐瞪着眼睛说道。

“那你想把它转化为什么呢?”

“这个……”乐乐拿出手机说道，“我的能量没那么大，能够给手机充电就可以啦！”

“好啊，咱们可以试试看！”

爸爸找到了一家公司，把他们的想法变成了现实。

咱们可以试试看！

乐乐的想法

可发电的跑步机

乐乐每次健身的时候，他用力踩在跑步机的跑带上，一股一股的电流也随之产生，手机的电量渐渐充满啦！

“真没想到，乐乐减肥还有意外惊喜呢！”妈妈笑着说道。

是啊，只要肯开动脑筋，生活处处都有惊喜！

结束

The end

冬残奥比赛项目：轮椅冰壶

冬奥会简介

❋ 冬季奥林匹克运动会，简称冬奥会，是由国际奥委会（IOC）创办的世界性冬季项目运动会。冬奥会每隔 4 年举行一届，一般情况下与夏季奥运会相隔两年，按实际举办次数计算届数。与冬奥会同年举办的还有冬残奥会，1976 年在瑞典恩舍尔兹维克举办的国际残疾人冬季运动会被确认为第一届冬残奥会。

❋ 由北京主办的冬奥会是第 24 届冬奥会，冬残奥会是第 13 届。这是中国历史上首次举办冬奥会和冬残奥会。北京也将成为奥运史上第一个既举办过夏季奥运会，又举办过冬季奥运会的城市，被形象称为“双奥之城”。北京赛区将承办所有冰上项目，延庆赛区和张家口赛区承办雪上项目。

冬奥比赛项目：冰球

奥运吉祥物

冰，象征纯洁、坚强，是冬奥会的特点；墩墩，意喻敦厚、健康、活泼、可爱，契合熊猫的整体形象，象征着冬奥会运动员强壮的身体、坚韧的意志和鼓舞人心的奥林匹克精神。

雪，象征洁白、美丽，是冰雪运动的特点；容，意喻包容、宽容，交流互鉴；融，意喻融合、温暖，相知相融。容融，表达了文明交流互鉴、和谐发展的理念，体现了通过残奥运动创造一个更加包容的世界和构建人类命运共同体的美好愿景。

奥运吉祥物是奥林匹克无形财产，对奥运吉祥物进行知识产权保护，是推动奥林匹克运动持续发展、维护赛会形象和声誉的必要条件。冰墩墩和雪容融发布的前一天，国家知识产权局便受理了其外观设计专利申请，这是对北京冬奥会吉祥物开展知识产权保护工作的重要组成部分。

我也会发明

2

陀螺沥水篮

秋天到了，树木穿上了金黄色的衣裳，秋叶伴着阵阵秋风翩翩起舞；田野里铺上了一层金黄色的地毯；果园里的果实都成熟了，红彤彤的苹果、黄澄澄的橘子、金灿灿的梨，密密麻麻地挂满枝头，把果树枝都压弯了。

放学了，秋日暖阳温柔地洒在大地上。“乐乐，这个周末我们去果园摘果子吃吧！”大白说道。

“好啊！”乐乐不假思索地应道，“我好像已经闻到了果香啦！”

“还有没有人愿意加入周末摘果子队伍？”大白高声问道。

“咦？摘果子……”大家听到后都纷纷应道，“我参加！”“我也参加！”“加上我！”……

彤彤、美琪、铮铮都加入了这个小队伍。

期待着，期待着，周末终于到了！

小朋友们蹦蹦跳跳地来到了采摘棚。一串一串的红果子挂在一条一条绿色的藤上，鲜亮可爱，像是一张一张红彤彤的笑脸在召唤他们：我非常新鲜哦！小朋友们，快把我带回家吧！

好诱人的果香！

“哇！好多红果子呀！”小朋友们提着小果篮，弯下腰，轻轻地摘下红果子。

大白迫不及待地摘下一颗，用手搓了搓，塞进了嘴里。

“真甜！”大白大声说道。

“哎呀！你怎么不洗就吃啦！”彤彤问道。

“嘿嘿！不干不净，吃了没病！”大白又摘下一颗，在衣服上蹭了蹭，塞进了嘴里。

彤彤自己带了一个小喷壶，吃之前喷一喷，再用小手帕擦干净，然后才放进嘴里。

红果子酸中带甜，咬上一口，果汁就流了出来，味道真不错。大家边吃边摘，不一会儿的工夫，果篮就快被装满了。“我们比一比，看谁摘得多吧！”铮铮说道。

“应该比谁吃得多才对！”大白说道。

“不行，要是比谁吃得多，谁能比过你呀！”美琪笑着说，“我们就比谁摘得多！”

“同意！”大家纷纷赞同。

比赛开始了，大家都挑最好的红果子装进自己的果篮里。大白的果篮满了，红果子就像不听话的小皮球一样，刚放上去就滚了下来，他捡起来，小心翼翼地放上去，又滚了下来，这回还把其他的红果子也带了下来……大白气得坐在地上，“我就不信了！”他一边嘟囔着，一边轻轻地将圆圆的红果子摆在最上面。

美琪和彤彤也一样，她们一人放红果子，一人用手臂拢着果篮，生怕红果子滚下来。

乐乐看到其他人的红果子滚了满地，心想：“这么摘可不行，得让红果子听话！”他看着挂在绿藤上的红果子，好像在调皮地向他眨眼睛，“有了！”乐乐把一串红果子连着一小段绿藤一起摘了下来。

“时间到！”铮铮说道，“我们把红果子拿到叔叔那儿称一下吧！看看谁摘得最多！

大白终于将那几颗不听话的红果子放在了果篮里，果篮像一个“小山丘”，看起来是最多的了，谁知他一提起果篮，“咚咚咚……”那几颗调皮的红果子又掉在了地上。“哎呀！太难摆啦！”大白

看看谁摘得最多！

气得直嚷嚷，只好放弃那几颗去称重了。“5.5 斤！”叔叔说道。

美琪提着果篮，彤彤用手臂拢着果子，怕它们滚到地上，合作得很愉快！“嗯，5.7 斤！不少啊！”叔叔说道。

“看看我的！”铮铮的“山丘”明显要比大白的高，“5.8 斤！”

“大白，我的手艺比你高啊！哈哈……”铮铮得意地说道。

“哼！就差那么点儿嘛，这不算什么！”大白不服气地说道，“我还吃得比你多呢！”

“这我就不敢比啦！”铮铮笑着说道。

“乐乐怎么还没来啊？”大家纷纷问道。

只见乐乐拿着一个看起来比原来大好多的果篮走了过来。

“呀！乐乐，你怎么摘了这么多呀！”走近一看，那不是大果篮，是乐乐摘果子时将绿藤一起摘了下来，这样红果子就挂在果篮外了。

“给我称一下吧！”乐乐自信地说道。

“哎呀，小朋友，像你这么摘果子的，我还是第一次见哦！7 斤！太厉害啦！

这么一个小果篮，竟然能摘 7 斤果子，真是聪明啊！”叔叔笑着赞道。

大家满载而归。

乐乐回到家，妈妈把小小的红果子洗干净，准备大家一起吃。乐乐在旁边看着妈妈洗果子。红果子像葡萄粒一样大小，妈妈把它们倒进盆子里，冲洗干净后，要倾斜盆子把水控干，控水的时候，调皮的小果子又掉了下来。妈妈反复洗了几次。

“这样太麻烦啦！”乐乐说道。

“有什么麻烦的，洗水果不都是这样吗？”妈妈说道。

“洗水果的小盆真不方便！倾斜盆子的时候，果子总是会掉出来。用带网的小盆洗怎么样？”乐乐说道。

“带网的小盆也洗不干净啊，水都漏下去了。没事的，洗这种水果就是这样，都习惯了，想要吃得干净还怕麻烦？”妈妈笑着说道。

“那在网盆下面再放个水盆呢？”乐乐继续问道。

“那样沥水时拿上拿下，也不方便！”妈妈摇摇头说道。

“我一定要想个办法，让红果子乖乖地听话，不到处乱跑！”乐乐暗暗下了决心。

又是一个愉快的周末，妈妈带着乐乐去参观历史博物馆。最让人流连忘返的就是艺术品展厅，展厅里有各个年代、各种造型的艺术品，琳琅满目，让人目不暇接，有钟表摆件、玉石珍宝、御窑瓷器、青铜器……突然一个小“圆球”引起了乐乐的注意。“咦？这是什么啊？”乐乐盯着这个“小圆球”说道。“这是葡萄花纹银香囊！”讲解员姐姐介绍道，“香囊外壁用银制，呈圆球形，通体镂空，以中部水平线为界平均分割成两个半球形，上下球体之间，以子母扣套合……外壁、机环、金盂之间以铆钉铆接，可自由转动，无论外壁球体怎样转动，由于机环和金盂重力的作用，金盂总能保持平衡，里面的香料不会撒落。此银香囊制作过程复杂，设计科学巧妙，令今人叹绝！”

“哇！原来这个小圆球是装香料用的呀！”乐乐眼前一亮，不由得惊叹道，“无论香囊怎样转动，香料都不会撒出？这是什么原理，好神奇呀！”

爸爸推了推眼镜，解释道：“这应该是陀螺仪的原理。”

“陀螺仪？”乐乐不解。

“嗯……简单地说，就是一种能够用来传感和维持方向的装置，一般用来导航、定位等，作用可大了呢！”

“这个原理太棒啦！也许除了大作用以外，它还有一些小作用呢！”乐乐的眼睛里闪烁出智慧的光芒。

“什么小作用？”妈妈知道乐乐肯定又有新点子了。

“可以用来……洗水果！”乐乐小声说道，好像不太自信。

“什么？洗水果？”妈妈脱口而出，“陀螺仪的原理怎么能用来洗水果呢？”

乐乐挠了挠脑袋说道：“陀螺仪的原理能让香囊无论怎样转动，香料都不会撒出。我要发明的水果篮，就是希望水果篮怎样转动，里面的小果子都不会掉下来！”

“嗯！有道理！”爸爸肯定了乐乐的想法，“心动不如行动，我们回去就试一试！”

可旋转的沥水篮

乐乐的想法

这个很简单，我们只需要一个不漏水的大塑料盆，再来一个能沥水的小篮子，将小篮子套进大盆里，在它们之间做一个能够转动的轴就可以啦！

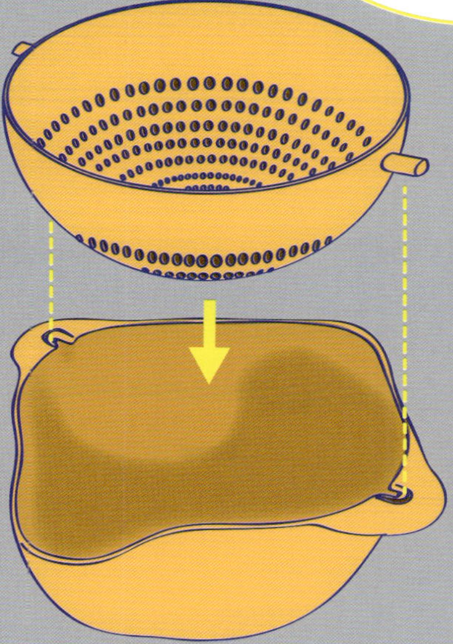

大功告成！让我们来试试吧！乐乐将红果子放进小篮子里，用水清洗后，大盆倾斜，水就从小篮子里漏了下来，一颗红果子也没有掉下来！

“太棒啦，乐乐！这个沥水篮既不用倾斜果篮沥水，防止了果子掉下来，还免了拆卸沥水篮的麻烦！比市面上卖的水果篮都方便！我们赶快上网查一查，是不是又可以申请一个专利了！”妈妈开心地说道。

乐乐，以后你学的知识越多，能够解决的问题也越多哦！

结束

The end

冬残奥比赛项目：冰球

北京冬奥会介绍

❋　北京 2022 年冬奥会，举办时间是 2022 年 2 月 4 日—2022 年 2 月 20 日，北京冬奥会会徽为“冬梦”，吉祥物是冰墩墩。北京冬奥会比赛共设 7 个大项，15 个分项，109 个小项。15 个分项分别为高山滑雪、自由式滑雪、单板滑雪、跳台滑雪、越野滑雪、北欧两项、短道速滑、速度滑冰、花样滑冰、冰球、冰壶、雪车、钢架雪车、雪橇、冬季两项。

冬奥比赛项目：雪车

奥运与知识产权

著作权

不久前乐乐发现同学A在网上发表了一段歌词，和自己写的很相似，于是告诉了冰墩墩和雪容融。

乐乐的歌词：

三月柳头春，
神州物候新；
千帆过侧畔，
万马踏烟尘；
曦色数年少，
童真归至纯；
发明追梦路，
长做创新人。

同学A的歌词：

三月柳头春，
九州物候新；
沉舟侧畔过，
万马踏烟尘；
年少待日曦，
举步存童真；
发明雄关路，
相随创新人。

我也会发明

3

旅行牙刷

“海底的岩石上生长着各种各样的珊瑚，有的像绽开的花朵，有的像分枝的鹿角。海参到处都是，在海底懒洋洋地蠕动。大龙虾全身披甲，划过来，划过去，样子挺威武……”乐乐一边读着课文《富饶的西沙群岛》，一边想象着自己潜入海底，变成一条小鱼，在珊瑚丛中穿来穿去的样子。

一阵风透过纱窗吹进房间，调皮地撩动着爸爸办公桌上的台历。

爸爸抬头看了一眼台历：呀！乐乐的生日就要到了！

“爸爸！”乐乐走了进来，神秘地说道，“我要告诉你一个好消息！”

“什么好消息呀？”爸爸好奇地问道。

“我今天写完了所有的作业！”乐乐兴奋地说道，眼睛亮亮的。

“是吗？太棒啦！”爸爸想了想说，“这么积极地学习，要奖励一下哦！正好你快过生日了，有什么愿望，爸爸一定帮你实现！”

“真的吗？”乐乐开心地跳了起来，“那我可要好好想一想啦！”

好好想一想！

乐乐回到了房间，心想：“我还有什么愿望没实现呢？我可要抓住这次难得的机会！”这样想着，他看见了放在床头边的沙滩储存瓶，这是他去年发明的一项专利。他灵机一动：“对呀！我还有一个愿望没实现呢！”

乐乐连忙跑去跟爸爸说：“爸爸，我有一个愿望！”

“快说说，是什么愿望呀？”

“我想去潜水！”

“潜水？”爸爸瞪大了眼睛，吃惊地问道，“你这个愿望可够大的呀！怎么突然想去潜水了呢？”

“因为我特别喜欢小鱼呀！梦想着跟它们零距离接触呢！”

“哈哈，原来你想要探索新世界呀！这个愿望很好，我们一起去实现吧！”爸爸支持道，“那我赶紧买机票！”

“爸爸！我这次不想坐飞机啦！”乐乐说道，“我想坐火车！”

“什么？火车很慢的！”

“书上说坐火车可以看沿途的风景，我也想体验一下嘛！”

“那你可要做好准备哦，要坐两天两夜的火车呢！”

“没问题！”

“对啦，长途旅行，可要把你的‘宝贝’都带齐了！”

“嘿！沙滩储存瓶，你终于要派上用场啦！”乐乐拿着沙滩储存瓶说道。

时间过得真快，一转眼就要出发啦！

临行前，妈妈提醒道：“乐乐，不要忘记带你的牙刷！”

“哦，对！牙刷忘带了！”临出门前，乐乐跑去卫生间一把抓住牙刷就跑出去了。

“哐当……哐当……”的声音越来越近，“呜——”一声长而低沉的汽笛长鸣后，一条巨大的“青龙”缓缓地停在了乐乐面前。火车里的空间好狭窄呀！乐乐紧紧

拉着妈妈的手，艰难前行，终于找到了自己的床铺，干净的床单，柔软的被子，令人心情舒畅。乐乐坐在窗边，不停地东张西望。火车开始跑起来了，越来越快，外面的高楼大厦快速向后退，好像地球也转得快了。火车一会儿经过一望无际的田野，一会儿穿过郁郁葱葱的森林，一会儿又钻进漆黑的隧道……不知不觉，天色暗了下来。

夜幕降临，困意袭来，准备睡觉啦！乐乐从背包里拿出了小牙刷，突然想起来：“哎呀！我忘记带牙膏啦！”

“让你做好准备，又丢三落四了吧？”爸爸一边责备，一边翻着自己的牙膏，结果翻了半天也没有找到，“咦？哪去了？明明记得带了呀！”

“我可提醒你带牙膏了哦！”妈妈对爸爸说道，“还以为你带了，我的背包满了，所以我就没有带！”

“糟了，找不到了！”爸爸把包翻了个底朝天，还是没有找到牙膏。

“不要找啦，我已经借到啦！”乐乐手里举着一支大牙膏炫耀道，“旁边的小哥哥借我的。”

妈妈用责备的眼光看着爸爸，“忘记了吧！”

爸爸挠着后脑勺苦笑道：“嘿嘿！我的牙膏也去旅行啦！”

“牙膏这么重，路上要背着它，还占空间！”乐乐心里默默地想着，“得想个办法，发明一个自带牙膏的牙刷！这样，既可以节省空间，又可以避免忘记带牙膏！”

终于到达了目的地！乐乐在沙滩上用上了他发明的沙滩储存瓶，把储存瓶小心翼翼地埋在沙滩里。

过了一会儿，乐乐穿上带脚蹼的潜水服，教练叔叔给乐乐戴上了氧气罩，在教练叔叔的指导下终于要潜水了。

哇，海底世界真是太美了！和课文《富饶的西沙群岛》中所描绘的各种各样的珊瑚一模一样，它们色彩斑斓，让人赏心悦目；成群结队、五颜六色的小鱼近在眼前，乐乐像小青蛙一样追着小鱼游；海藻随波摆动，像一群可爱的孩子一样欢快地舞蹈……

傍晚，爸爸妈妈要为乐乐准备生日蛋糕了。

“今年的生日蛋糕不一样哦！我们自己做蛋糕吧！你喜欢什么样的，就可以制作什么样的！”妈妈说道。

“太棒啦！我要在蛋糕上画满小鱼！”乐乐开心得手舞足蹈。乐乐用挤花袋挤着奶油，香喷喷的奶油仿佛在蛋糕上旋转着跳舞，乐乐在大蛋糕上挤出了各种各样的“小鱼”。

“就像挤牙膏一样！”爸爸随口说道。

“这可比牙膏好看多了！”妈妈说道。

乐乐脑筋一转：“像挤牙膏一样！牙膏……对呀，我想到办法啦！”

“你在说什么呀？”爸爸问道。

“我想到既可以节省空间，又可以避免忘带牙膏的办法啦！旅行牙刷就要诞生啦！”乐乐兴奋地说道。

旅行牙刷

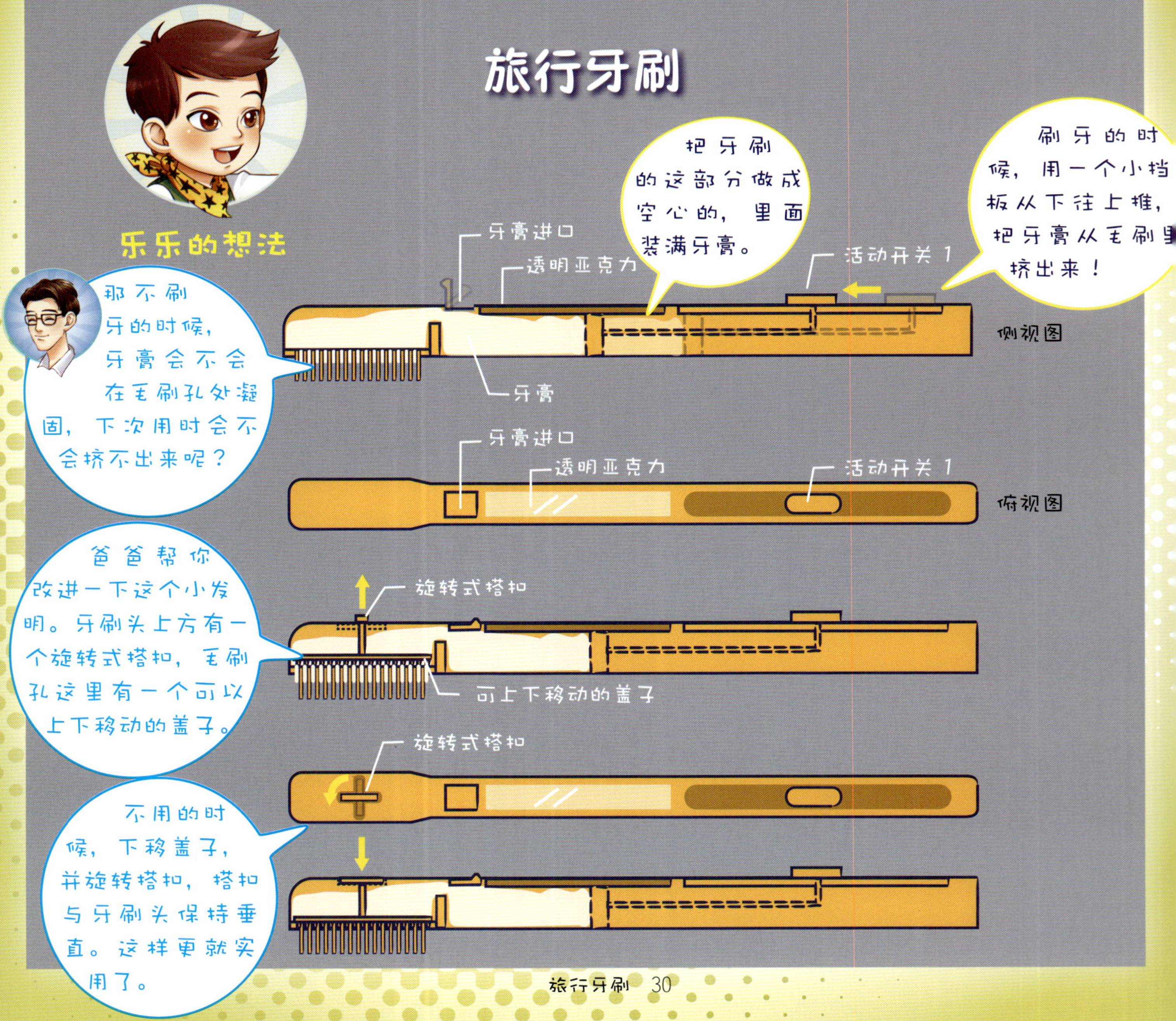
乐乐的想法
把牙刷的这部分做成空心的，里面装满牙膏。
刷牙的时候，用一个小挡板从下往上推，把牙膏从毛刷里挤出来！
牙膏进口
透明亚克力
活动开关 1
牙膏
侧视图
牙膏进口
透明亚克力
活动开关 1
俯视图
那不刷牙的时候，牙膏会不会在毛刷孔处凝固，下次用时会不会挤不出来呢？
爸爸帮你改进一下这个小发明。牙刷头上方有一个旋转式搭扣，毛刷孔这里有一个可以上下移动的盖子。
旋转式搭扣
可上下移动的盖子
旋转式搭扣
不用的时候，下移盖子，并旋转搭扣，搭扣与牙刷头保持垂直。这样更就实用了。

“太好啦！又一项新发明诞生啦！”乐乐开心地说道。

“别着急，我们还得去国家知识产权局的网站上查一查，看有没有类似的发明，才知道这是不是一件新专利呢！”爸爸说道。

“乐乐真是个小发明家！不过呢，爸爸也有新发明啦！送给你当生日礼物！”妈妈示意爸爸，“赶紧把礼物拿出来吧！”

因为乐乐喜欢海底世界，所以爸爸发明了智能海底世界的涂鸦卷轴，送给乐乐当礼物。

拉开长长的涂鸦卷轴，乐乐惊呆了。上面有20多个各种各样的小鱼图案：小丑鱼、墨鱼、小飞象章鱼、皇帝神仙鱼、尖牙鱼、四斑蝴蝶鱼、青枪鱼……太丰富啦！

“你可以在卷轴上用蜡笔自由涂色哦！”爸爸说道。

“马上就涂！”乐乐用橙色、绿色和红色的蜡笔，在小丑鱼上涂满了颜色。

“现在爸爸给你变个魔法，把这个小鱼变成‘活’的！”

“真的吗？”乐乐激动地用期待的眼神看着爸爸。

爸爸拿出手机，用手机软件扫描了乐乐刚刚涂鸦的图片，手机屏幕上栩栩如生的 3D 小丑鱼摇摇尾巴，游进了大海里。

“哇！太好啦！这条小丑鱼和我画的颜色一模一样！这是怎么做到的呀？”乐乐开心地跳了起来。

“这是高科技，你现在做小发明，长大了就可以做大发明啦！”爸爸鼓励道，“对了，你还可以养这个小鱼宠物哦！”

“真的吗？怎么养它？”

“你要通过答题、做作业来赚取鱼饲料，喂养你创造的小鱼哦！”

“啊？还要学习呀！”乐乐哭丧着脸说道。

“当然啦，不然怎么能成为大发明家呢！”爸爸拍了拍乐乐的脑袋。

结束

The end

冬残奥比赛项目：冬季两项

北京冬残奥会介绍

❋ 北京 2022 年冬残奥会举办时间是 2022 年 3 月 4 日—3 月 13 日。北京冬残奥会会徽为“飞跃”，吉祥物是雪容融。北京冬残奥会共设 6 大项，78 个小项。6 个大项分别是残奥高山滑雪、残奥冬季两项、残奥越野滑雪、残奥单板滑雪、残奥冰球、轮椅冰壶。

冬奥比赛项目：冬季两项

奥运与知识产权

商标权

根据《中华人民共和国商标法》及《商标法实施条例》的规定，认为**Panaphone**商标侵权，对商标侵权人作出如下处罚：

（1）责令立即停止生产、销售侵权的**Panaphone**商标电话机行为；（2）罚款。

我也会发明

4

是谁在敲门

愉快的假期来了，乐乐为自己制订了好多计划，要快乐充实地度过每一天。他一看手表：8 点啦！他看了看自己贴在书桌前的“每日计划表”，嘴里嘟囔着：“星期一，早上 8 点应该……背诗词。”于是，他打开课本，开始挑自己喜欢的诗词背诵。

“乐乐，妈妈要去上班啦，你自己一个人在家要乖乖的哦，不许碰火、不许碰电，不能开电视、开电脑，也不能出去乱跑……”

还没等妈妈说完，乐乐就说：“知道啦，妈妈，您每天都告诉我这些的！我都记住啦！”

妈妈走到了门口，突然想起了什么，又补充了一句：“还有，记住！千万不要给陌生人开门哦！”

“好，知道啦！”乐乐远远地喊道。

“砰！”门关上了。

屋子安静了，只能听见窗外的鸟鸣声。乐乐静下心来遨游在诗词的海洋中。他读到《小池》中的诗句“小荷才露尖尖角，早有蜻蜓立上头”时，脑海中出现小蜻蜓落在尖尖的小荷叶上的画面，他真想轻轻地在荷花池划着小船，仔细地看看这只小蜻蜓的翅膀。读到《塞下曲》中的诗句“欲将轻骑逐，大雪满弓刀”，想象着自己也穿着一身将军铠甲，骑在马背上，“哎！我要是能去古代就好了，我要当个将军，骑着骏马在沙场驰骋，多威风”。读到《汉乐府·长歌行》中的诗句“少壮不努力，老大徒伤悲”，感慨道，现在一定要努力学习，这样以后才不会“徒伤悲”……

乐乐正看得入迷，几下“咚咚”的声音打破了屋子的宁静。

“咦？什么声音？”乐乐顺着这轻轻的、没有规律的声音寻找，走到门口才发现原来是敲门的声音。

“是谁呢？”乐乐很想知道，可是门上的“猫眼”太高了，乐乐即使用力踮起脚尖也无法达到“猫眼”的高度。乐乐急坏了，“怎么办呢？”他思考着，“对啦！找个东西垫在脚下吧！”于是，乐乐找来一个小凳子，一只脚踩了上去，踩实以后，另一只脚也稳稳地站了上去，他终于可以透过“猫眼”看到门外的情况了。

“咦？怎么没有人呢？”可是这“敲门”的声音还是不止，乐乐往下一看：“哦！原来是一只小狗在用小爪子‘敲门’呀！为什么这只小狗会盯上我们家的门呢？”乐乐正想着，突然脚下一滑，失去了重心，重重地摔在了地上。“哎哟！哎哟！”疼得乐乐一边哼哼着，一边揉着屁股。

这时，妈妈恰好开门走了进来，看到正坐在地上揉屁股的乐乐。

妈妈生气地说道：“这是怎么回事啊？告诉你在家要乖乖的，怎么又在家里‘大闹天宫’呢？”

“妈妈，我没有大闹天宫呀！刚刚有敲门的声音，我想看看是谁在外面！”

“哎呀，摔了吧！”妈妈一边责备，一边察看乐乐有没有摔伤。

“刚刚我看到门外有一只小狗，不知道为什么它一直在我们家的门口不走，还不停地敲门。”乐乐说道。

“因为我早上扔垃圾的时候，掉了一根骨头在门口，刚刚是小狗在啃骨头呢！可能是爪子碰到了门吧。看见我来了，它就叼着骨头跑掉了。”

摔得好疼啊！

“哦，原来是这样！我还以为小狗要到我们家里做客呢！”乐乐笑着说道，“要是它来了，我要给它喂好多好吃的！”

“还疼不疼了？以后可不许踩在凳子上了！”妈妈关心地说道。

乐乐沉默了片刻，说道：“不踩在凳子上，怎么能看到门外的情况呢？”

“等你长高了再看吧！”

“那要等到什么时候呀！我可等不及，一定要想出一个好办法，能让我既不踩在凳子上，也能看到门外的情况！”乐乐坚定地说道。

“好啊！你那么聪明，一定能想出办法的！”妈妈鼓励道。

乐乐回到书桌前，托着腮想道：“哎，如果有一个不用站在凳子上就能看到门外的‘儿童猫眼’就好啦！”他在纸上不停地画着：“可是，这样矮的猫眼，看不清脸呀！不行不行……”他将画好的一张张图揉成一团，一次又一次地扔到了纸篓里。

“儿子，又在画什么呢？”爸爸回家后听到了乐乐的嘟囔声，走过去问道。

“我在‘画猫’眼。”乐乐挠着头说道。

“咦，画猫眼干什么呢？让我看看！”爸爸拿起了乐乐的画纸看了看。

“哦……原来是想设计一个你也能看到门外的‘猫眼’呀！嗯，想法不错！”爸爸若有所思，笑着点了点头，说道，“这个应该简单，你一定能想到办法的！”

“一点也不简单，好难呀！”乐乐噘着嘴说道，“难道您想出来办法啦？”

“我倒是有个办法，不过现在还不能告诉你，你得独立思考才行！”爸爸一边得意地背着手走出乐乐的房间，一边说道，“注意观察，动脑思考，办法会有的！”

乐乐看着爸爸远去的背影，气乎乎地说道：“哼！有了好办法，还不告诉我，我一定能自己想出来的！”

晚饭后，到了乐乐最期待的看动画片的时间。

“坦克大战！我最喜欢看了！”乐乐看着动画片里的贝塔在操作仓自如地驾驶坦克，贝塔还眯着一只眼睛通过一个像望远镜一样的东西在锁定炮弹发射的位置。

乐乐想看个仔细，“贝塔是怎样通过这个操作仓里的‘望远镜’看到外面的？”他一边看一边思考，身子不知不觉地走向前，眼睛也离电视越来越近。

“离远点！”妈妈一声呵斥打断了乐乐的思考，“离这么近看电视，眼睛会近视的！”

“啊！我知道啦！”乐乐跳起来说道。

“知道什么了？知道离电视这么近，你以后会近视？”妈妈看着乐乐奇怪地问道。

“爸爸，我要在我们家的门上安装一个坦克的望远镜！”乐乐说道。

“坦克的望远镜？”爸爸皱着眉头看着乐乐，又回过头来看看动画片，恍然大悟道，“哈哈，那叫潜望镜！”

爸爸解释道：“潜望镜啊，就是从海面下伸出海面或从低洼坑道伸出地面，用以窥探海面或地面上活动的装置。其构造与普通望远镜相同，另加两个反射镜，使光经两次折射而折向眼中。潜望镜常用于潜水艇、坑道和坦克内，用来观察敌情。”

“哇！好神奇呀！”乐乐拍着手说道。

“我也想到这个潜望镜了，不过我想到的是潜水艇的潜望镜。没想到，你想到的是坦克上的潜望镜！一样的原理！”爸爸笑着说道。

“我就说嘛，我们乐乐一定会想到办法的！”妈妈也收起了想批评乐乐的语气。

“想要潜望镜吗？很简单，我们先做一个吧！”爸爸找出工具，开始和乐乐一起制作潜望镜。

一样的原理！

门上的“潜望镜”

乐乐的想法

将一个牙膏盒从中间剪开，做成如下图的两个部件。

在里面装入镜子，镜子与盒壁成45°夹角。

1

2

将另一个牙膏盒上面剪一个洞。

将牙膏盒拼插在一起。一个潜望镜就做好了。

3

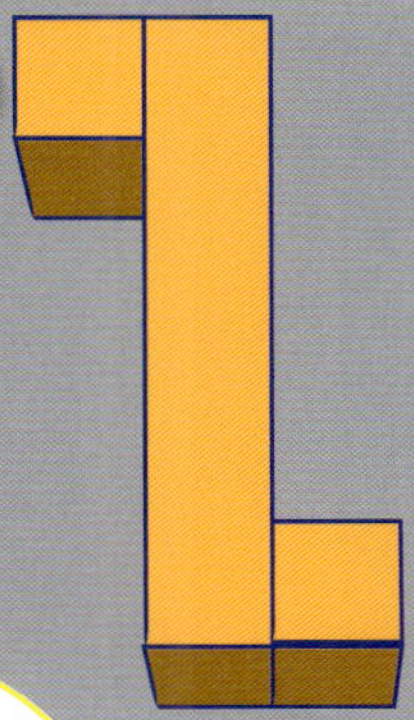

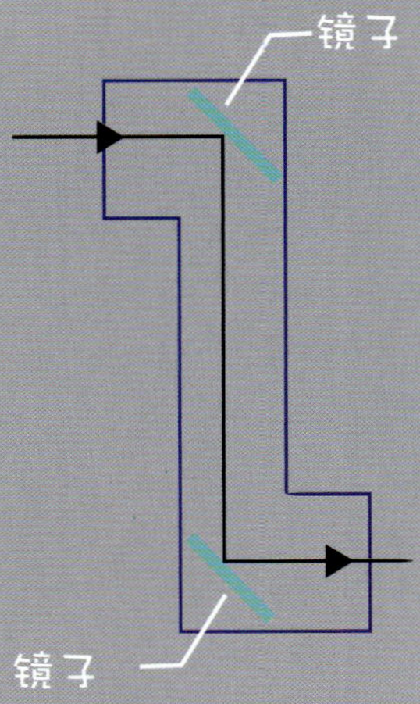

“快试试吧！”爸爸把这个“潜望镜”递给乐乐。

乐乐迫不及待地通过潜望镜上看看、下看看，“真的，我能看到高处的东西啦！能看见啦！”

这是你独立思考的结果！这么快就想到解决问题的办法了，乐乐真是越来越聪明啦！

“太好啦！门上有了这个宝贝，以后乐乐一个人在家不用踩凳子就能看到门外的情况啦！不会给陌生人开门，我们就更放心啦！”妈妈开心地说道。

结束

The end

冬奥比赛项目：跳台滑雪

赛区介绍

❋ 北京2022年冬奥会和冬残奥会北京赛区场馆共举办包括滑冰（含短道速滑、速度滑冰、花样滑冰）、冰球、冰壶在内的3个大项5个分项的所有冰上项目比赛。

❋ 北京延庆赛区位于北京西北部距离市区约90公里的延庆区小海坨山区，将举办雪橇、雪车和滑雪大项中的高山滑雪项目。

❋ 张家口崇礼赛区将举办跳台滑雪、单板滑雪、自由式滑雪、北欧两项、冬季两项和越野滑雪项目的比赛。

冬残奥比赛项目：越野滑雪

奥运与知识产权

恶意抢注商标

我也会发明

5

小鱼不再饿肚子

“布谷布谷……”布谷钟上方的小木门打开，按时弹出的布谷鸟叫乐乐起床了。

“乐乐，快起床吃饭啦！我们今天去海洋馆喽！”妈妈喊道。

乐乐睡眼蒙眬，突然听到“海洋馆”，一下子来了精神，一个鲤鱼打挺从床上蹦了下来，迅速洗漱后坐在了餐桌前。

“呀！这么快就收拾好啦？”妈妈惊讶地说。

“妈妈，快点吃饭，我要去看小鱼！”乐乐说。

在去海洋馆的路上，乐乐满心期待，连路边的风景都无心欣赏。

微风吹着，小鸟唱着，路边的小花向乐乐招手，乐乐蹦蹦跳跳地在前面跑着，把妈妈爸爸甩得很远，终于来到了海洋馆！

“哇！好漂亮啊！”乐乐睁着大大的眼睛仔细地看着五颜六色的鱼在水里自由自在地游。

“乐乐，这些鱼中你认识哪几种啊？”爸爸问道。

乐乐慢慢悠悠地说：“这个是热带鱼，这个长得扁扁的是……扁鱼，那个细长的是什么鱼呢？”乐乐沉醉于欣赏各种五颜六色鱼儿之中。

他们走进海底隧道。一进入隧道，光线立刻暗了下来，乐乐就仿佛置身海底，鱼儿们都在他的周围快乐地游呢！感觉真奇妙啊！

这些鱼有的在玩耍，有的在睡懒觉，还有的好像在说悄悄话。它们从石头下游到珊瑚旁，又从珊瑚旁钻到海草里。突然一条色彩斑斓、体型巨大的“鱼”映入眼帘，仔细一看，原来是无数条小鱼儿聚集在一起拼成的“大鱼”，每条鱼之间的空隙很均匀，勾勒出完美的线条，真是壮观呀！有几条颜色艳丽的鱼好像故意贴在玻璃上，慢慢地游动，好让游客们用照相机为它们拍照！还有的鱼似乎不爱抢风头，默默地在海底徘徊着。

海星喜欢捉迷藏，飘着飘着就躲到了海草后面；水母喜欢健身，不停地在做伸展运动；海龟慢吞吞的，像个已经走不动的老爷爷，安静地趴在石头上。

乐乐简直被奇异的海底世界给迷住了，眼睛闪烁着光芒，把脸紧紧地贴在玻璃上，这里真是让人大开眼界呀！

时间很快就过去了，乐乐依依不舍地走了出来。

“乐乐，怎么样，喜欢海洋世界吗？”妈妈看着乐乐兴奋的样子问道。

“实在太喜欢啦！妈妈，我想……”乐乐用乞求的眼神看着妈妈说道，“我也想养小鱼！”

“养鱼？这可不行，鱼特别难养，我和你爸爸都不会养鱼！”妈妈一口拒绝了。

“妈妈，我喜欢嘛……小鱼多可爱呀！”乐乐用小手一个劲儿地摇着妈妈的胳膊哀求道。

“哎！我们可以一起上网查一下怎么养鱼！”爸爸过来给乐乐助阵。

看着乐乐哀求的眼神，在爸爸的怂恿下，妈妈心软了，“好吧，那你们两个负责养吧，我可是不管的哦！”

“太好啦！”乐乐开心地跳了起来。

于是，爸爸带着乐乐买了一个大鱼缸和 8 条小热带鱼。乐乐天天看着这些小鱼游来游去，每天按照网上查到的资料定量给它们喂鱼食。

“乐乐，下星期我们要去奶奶家待几天！”妈妈说道。

“好呀！”可是他突然转过头看了看鱼缸，皱着眉、嘟着小嘴问道，“我们要待几天呀？”

“一个星期吧！”

“什么？一个星期？”

“怎么啦？”

“那我的小鱼怎么办？”

“什么怎么办，它们不是好好的吗？”

“小鱼没有人喂食，它们会饿肚子的！”

“哦，你是怕小鱼饿肚子啊！”妈妈笑着说道，“看看，烦恼来了吧？”

“没关系，乐乐，你一定会想出两全其美的好办法！”爸爸鼓励道。

乐乐看着鱼缸里游来游去的小鱼想道：“哎，既不想让小鱼饿着肚子，又不能因为小鱼不去奶奶家，真是一个难题！”

自从遇到这个难题，乐乐就整日思考，想象着如果家里有个小机器人能被远程操控就好啦！他多想拥有一个像哆啦A梦一样的机器猫呀！

时间一分一秒地过去了，“布谷布谷……”布谷钟又响起来了，弹出了布谷鸟，提醒乐乐该吃晚饭了。这时，乐乐感觉有些饿了，肚子也咕咕叫了起来。

“布谷钟真准时！就好像知道我饿了一样！”

他盯着从小木门里弹出的布谷鸟一直看，好像小木门的后面还有一个美丽的世界一样。他不停地思索着，想知道布谷鸟究竟是怎样弹出来的，为什么这么准时呢?

他踩在板凳上，把闹钟从墙上拿了下来。

乐乐从工具箱里找出螺丝刀，对着布谷钟上的螺丝拧啊拧，终于把布谷钟给拆开了。哇！原来小木门后面有好多齿轮呀！

“乐乐，吃饭啦！”妈妈已经做好了饭。

可是乐乐研究得入迷，根本听不见妈妈的声音。

妈妈心里嘀咕道：“叫了几声，怎么都没反应啊？干什么呢？”妈妈只好走过去看个究竟，当她推开乐乐的门，看到乐乐拿着螺丝刀比划，吃惊地瞪大了眼睛：“哎呀！这是干吗呢？又开始‘大闹天宫’啦？”

看到乐乐把布谷钟“大卸八块”，妈妈更加生气了，提高了嗓门说道：“你又在搞破坏啦！拆布谷钟做什么？”

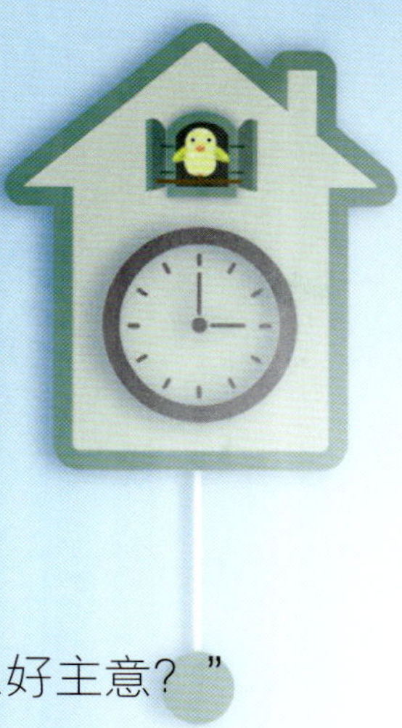

没想到，乐乐回过头来给了妈妈一个可爱的笑脸，还吐了吐舌头说道：“妈妈！我有一个好主意！”

“就你主意多！说说看吧，你有什么好主意？”

“妈妈你看，如果我把布谷钟放在鱼缸上面，把鱼食和布谷鸟放在一起，这样的话，每隔一段时间鱼食就会跟着布谷鸟一起弹出来，定时投进鱼缸里，小鱼就不会饿肚子啦！”

“用布谷钟的原理做一个自动投食器？”爸爸在一旁听到了乐乐的好主意，“乐乐，这个想法好啊！可是，操作起来好像有点复杂……”

“爸爸！快说说，我的这个想法能实现吗？”乐乐用渴望的眼神看着爸爸，迫不及待地等着爸爸的答案。

“这个嘛……想法是很好，只是……小鸟给小鱼喂食，那谁给小鸟喂食呢？”爸爸问道。

“看来，小鸟住的‘小木屋’里要储存好多鱼食才行呢！”乐乐皱着眉头又陷入了思考。

爸爸说道：“乐乐，你能想到用布谷钟的原理实现定时投食，已经成功一大半啦！我们现在只需要再往前迈出一小步，就能解决问题啦！”

“一小步？”乐乐疑惑地看着爸爸。

“是呀！现在‘定时’的问题我们已经解决了，接下来需要你动脑筋想一想，让鱼食掉进鱼缸里，什么方法最简单？”爸爸耐心地引导乐乐。

乐乐的眼睛转了几圈，恍然大悟：“对呀，我们可以在鱼缸上面放一个大盒子，让鱼食定时‘漏’进鱼缸里！”

“太聪明啦！有的时候我们思考问题，需要换一个角度，这样你会发现原来问题没有你想象得那么复杂！”爸爸鼓励道。

“爸爸，我们一起来动手试试吧！”

爸爸和乐乐一起画草图，用画笔勾勒出他们想象的定时喂鱼鱼缸。

没有那么复杂？

乐乐的想法

定时喂鱼鱼缸

可以定好时间，利用布谷鸟弹出的力量，推动小抽屉，放出鱼食，再利用装在盒子里的小弹簧，将抽屉收回。
存储盒
通孔
弹簧
鱼缸

“这样，就可以实现定时喂鱼啦！太棒啦！”乐乐拍着手跳了起来。

“乐乐太棒啦，我又要给你申请专利啦！”爸爸开心地说道。

小鱼在鱼缸里欢快地游着，像是在为善于思考的乐乐欢快地跳舞。

结束

The end

冬奥比赛项目：自由式滑雪

北京冬奥会的新增项目

❋ 2018年7月18日，国际奥委会宣布，北京2022年冬奥会新增7个比赛小项，届时将总共产生109枚金牌。同时女性运动员的参赛比例进一步提高，参赛运动员的男女比例更趋于平衡。 在瑞士洛桑举行的国际奥委会执委会会议通过了有关北京冬奥会项目设置的方案。新增的7个小项为女子单人雪车、短道速滑混合团体接力、跳台滑雪混合团体、自由式滑雪大跳台（男子）、自由式滑雪大跳台（女子）、自由式滑雪空中技巧混合团体和单板滑雪障碍追逐混合团体。

冬残奥比赛项目：高山滑雪

地理标志侵犯

冰墩墩刚滑冰回来，在冰场边上坐下休息。

冰墩墩看到饮料瓶上有“汽水香槟”和“champagne”的字样。

汽水香槟
Champagne

冰墩墩，累了吧，来瓶饮料！

雪容融，香槟来自法国著名葡萄酒酿造基地，不能随便当作商品名称乱用，把“香槟”和“champagne”的字样用在饮料汽水瓶上，是地理标志侵权行为！

地理标志主要用于鉴别某一产品的产地，是该产品的产地标志。地理标志也是知识产权的一种。

我也会发明

6

神奇的大门

伴着漫天飞舞的雪花，元旦就要到了。虽然期待的寒假还没有到来，但小朋友们的心早就和雪花一样飘在窗外了。

“同学们，为了庆祝元旦佳节的到来，咱们班级要开一次元旦联欢会！希望多才多艺的同学积极报名，在联欢会上为大家表演节目！”班主任微笑着说，眼睛眯成一条线。

“老师，我会唱歌！”“老师，我会跳舞！”“我会弹古筝！”……同学们都争先恐后，踊跃报名。

“同学们，不要着急，请大家写好自己的名字和才艺，下课后统一交到文艺委员美琪那里吧！”班主任说道。

乐乐仰着头，掰着手指思索了半天，自己有什么特长呢？会打乒乓球，会踢足球，能跳高、跳远……可是，这些特长怎么能在联欢会上展示呢？想到这些，他默默地低下了头，叹了一口气。乐乐在班级里是学习委员，班级的任何活动他都想积极参与呢！

午后，稀稀落落的小雪转为纷纷扬扬的鹅毛大雪，刚想透过窗户向外望，却看到窗玻璃不知何时被“冬姑娘”的巧手雕刻上了美丽的霜花：有的像郁郁葱葱的树丛，有的像变幻莫测的云海，有的像花团锦簇的秘密花园，有的像雄鹰的翅膀，有的像孔雀的羽毛……霜花千姿百态、形状各异，引人入胜，看着它仿佛让人走进了姹紫嫣红的夏天，走进了鸟兽成群的茂盛森林，走进了摇摆着海藻的海底世界。乐乐看得入迷，对着窗户发呆。

“乐乐，注意听课！”老师敲着黑板，严厉地说道，“你在盯着外面看什么？是不是想出去玩儿啦？”

“老师，不是的，我在看霜花……我在想，霜花为什么会千姿百态，每个窗户上的图案都不一样呢？”

“这个问题等到你以后学物理就会知道啦。冬天，室外温度低，窗户玻璃的温度也低；室内温度高，空气中的水蒸气在玻璃表面遇冷凝结成霜花。这是凝华的过程，你们以后才会学到！”老师语重心长地说，“爱思考是好事，但课堂上要注意听讲哦！”

“好的，老师，我知道啦！以后一定认真听课。”乐乐点了点头，笑着摸了摸后脑勺。

快要放学的时候，天气突然变得晴朗起来，太阳公公伸了伸懒腰，将他温暖的光芒照射到了洁白的雪地上。操场上的雪已经积了厚厚的一层，在阳光的照耀下闪闪发亮，像是雪地里埋藏了很多钻石一样，格外耀眼。“我提议，咱们放学出去打雪仗吧！”壮壮按捺不住激动的心情，他等这一场大雪等了好久了，今天终于可以和小伙伴们一起玩耍了！“好啊！我加入！”“我也加入！”……乐乐、大白等十多个小伙伴都加入了“打雪仗”的队伍中。

“叮……”放学铃声终于响了，小伙伴们就像脱缰的小马一样飞快地冲了出去。他们分成两个队伍，队长分别是乐乐和壮壮，他们摩拳擦掌，抓起洁白的雪，将它揉成雪球，蓄势待发。“战斗”一触即发，大家使劲儿地扔雪球，向“敌人”进攻。雪球如炮弹一般打在“敌人”的身上、腿上、脖子上。壮壮队雪球团得比较快，攻势凶猛；乐乐队行动缓慢，被攻到了花坛后面，一时间陷入“危机”。这时，围观的几个女同学跃跃欲试，想加入其中，彤彤向壮壮请求道：“壮壮，我们也想跟你一起玩，加上我们吧。”壮壮不屑地看了看她们说：“你们女生的力气太小啦，我们队现在不缺人！”乐乐见状赶快喊道：“嗨！彤彤、美

琪，你们几个快来我们队吧！”彤彤兴奋地说：“我可以帮忙，和你们一起扔雪球！”美琪说：“可是，我们的力气太小了，帮不了你什么呀！”“你们可以帮我们团雪球啊！”“哈哈，太好啦，走，咱们加入乐乐的队伍吧！”彤彤和美琪加入了乐乐的队伍，帮着乐乐一起团雪球，虽然她们的手被冻得麻麻的，但是为了队伍的胜利，大家都在不停地团雪球。不一会儿的工夫，乐乐队的反击开始了，他们用大号的“炮弹”向壮壮队攻击，壮壮队一个个变成了圣诞老人，惹得大家哈哈大笑……彤彤悄悄地蹭到壮壮跟前，趁他不留神，把雪团快速地砸了过去。“嗖——啪”雪球一下子砸在他的脸上，打得壮壮“嗷”的一声怪叫，脚下一滑，身体向后一仰，“噗通”一下摔倒在雪地上。“哈哈哈……”“战场”传来阵阵欢声笑语。女同学的加入，让乐乐队发挥了团队协作精神，增加了团队实力。

一转眼，期待已久的联欢会就要开始啦！联欢会还邀请了家长参加，校园内热闹了起来，校门口的车辆堵得水泄不通！乐乐的妈妈和爸爸也来参加联欢会了，虽然乐乐没有节目要表演，但他是个小小志愿者，要帮助老师摆桌椅、擦黑板、布置教室。

可是，乐乐家的车被堵到了校门口，进不去也出不来，急得乐乐满头大汗。“这个校门实在太窄啦！”爸爸皱着眉头说道。“是啊，人和车稍微多一点门口就被堵住啦！”妈妈说道。

乐乐的眼睛盯着学校的大门看了看说：“旁边这堵墙要是能拆掉就好啦！”“哈哈，这可不是一堵墙呀！这‘墙’里面装的是伸缩门！”爸爸被乐乐的话逗得哈哈大笑。“伸缩门？”乐乐瞪大了眼睛。“是啊，等你们放学后，学校就要关门，这个门呢，就从墙里这样伸出来了。”爸爸解释道。“可是它缩回去的时候，还要占这么大的地方吗？”“当然啦，这个门现在缩到最小了，已经没法再缩啦！这种门的每一节本身也是有一定厚度的呀！”乐乐听着爸爸的解释，陷入了沉思……

车辆终于开进校园。乐乐和妈妈爸爸走进了教室，开始和老师一起布置场地。小小志愿者还真不少，他们有的在扎飘带，有的在吹气球，还有的在贴窗花，忙得热火朝天。乐乐和爸爸妈妈一起负责将五颜六色的装饰拉花贴在天花板上。乐乐将装

饰拉花扯开，它像彩虹一样绚丽夺目。乐乐一边贴拉花，一边还在思考学校的伸缩门，想着想着，他将手中已经扯开的拉花又合上了，彩虹一样的拉花又变成了薄薄的一张“饼”，他又来回地做了几次这个动作。“乐乐，你在干什么呢？快把这个拉花给爸爸递上来，这里还缺一个。”爸爸站在桌子上居高临下地对乐乐说。“爸爸，你看这个像不像伸缩门？”乐乐一边说，一边在来回地扯着拉花。“哈哈，没错，这个确实很像！”爸爸说道。

教室布置完啦，同学们开始表演，唱歌、跳舞、乐器演奏，同学们唱着、笑着、拍着手、吃着零食和水果，开心极了。

乐乐听着美妙的歌声、琴声，可他的大眼睛却一直盯着桌子上的美食，他吃着手里的，还看着盘子里的。吃着吃着，他面前的水果盘就吃空了。这个水果盘是乐乐从家里拿来的，是个能“变形”的水果盘，它的材质是软的，可以被压成一个扁片，当作防烫桌垫，也可以将它拉长，变成水果盘的形状。乐乐拿起这个变形水果盘来回地拉伸，突然他眉头一锁，陷入沉思。

“爸爸，你看这个像不像伸缩门？”乐乐一边说一边将水果盘拉开又合上。

“哈哈，这个也像！比拉花还像一些。你是不是看什么都像伸缩门呀？”爸爸笑着说道。

“可是它比伸缩门薄多啦！”乐乐将合上的水果盘竖起来，眯着一只眼睛看它的侧面。

“那当然了，这个是果盘儿！”妈妈在一旁忍不住笑，摸了摸乐乐的小脑瓜。

“妈妈，它真的比伸缩门薄，你看这里！”乐乐把手里的水果盘给妈妈看。“因为水果盘一圈比一圈小，因此最里面的圈能够被套进外面的那一层，所以它合上也保持这个厚度。”

“所以呢？”此时，爸爸已经猜到乐乐想说什么了。

神奇的大门

乐乐的想法

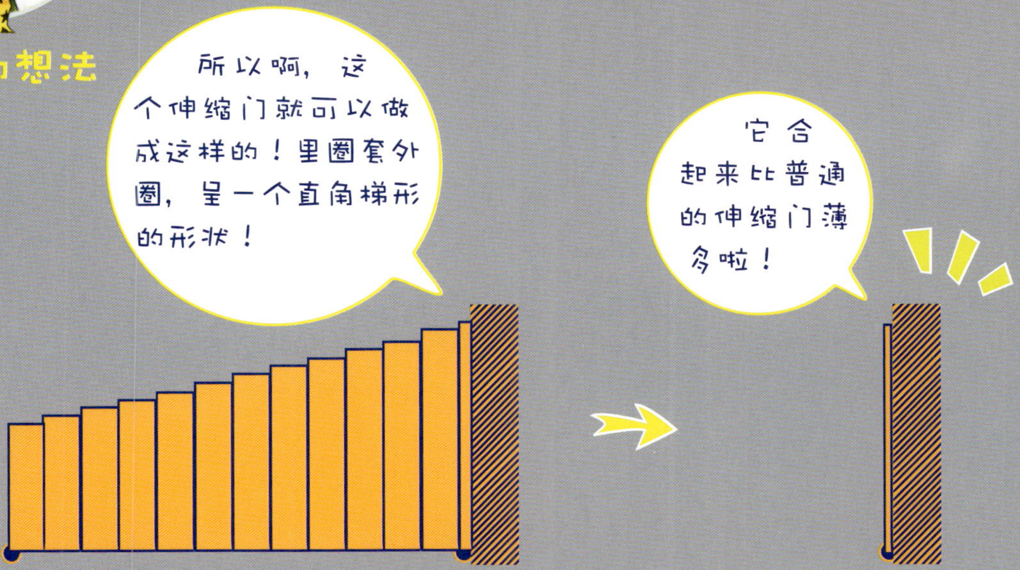

乐乐设想的伸缩门

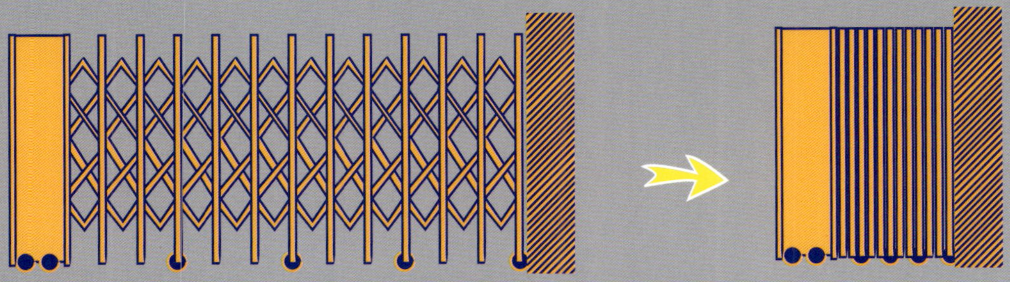

普通的伸缩门

“不如……制作一个试试？”爸爸拿起桌子上的剪刀和彩纸，和乐乐一起制作“神奇的门”。伴着美妙的古筝琴声，乐乐和爸爸开始画画剪剪，一曲演奏完毕，乐乐和爸爸的“伸缩门”也做好了！

他们将纸片拉伸成直角的形状，又将它合上，合上之后，就只有一张纸的厚度。他们的模型制作成功啦！

乐乐心中的疑问终于消除啦，他拍着手和大家一起唱着、跳着。窗外的雪花依然飘飘洒洒，但是教室里却暖暖的，其乐融融，像一个大家庭。

模型制作成功！

结束

The end

北京冬奥会比赛时间

❋ 按计划，北京冬奥会将有19个比赛日、228个竞赛单元，冰壶将是最早开赛的项目，在开幕式前两天就将举行第一场混合双人循环赛。越野滑雪女子30公里集体出发决赛是最后一个结束的比赛项目，在闭幕式当天下午举行。冬奥会15个分项共组建了11个竞赛团队；相约北京系列冬季体育赛事、北京冬奥会和冬残奥会将尽最大可能践行节俭办赛。

奥林匹克标志

看！冬奥会的会徽印在地铁站广告牌上了，这侵权了吗？
不以营利为目的、在非商业活动中使用这些知识产权是值得鼓励的，有助于宣传和弘扬奥林匹克精神。但是未经授权在商业活动中使用奥林匹克知识产权是侵权的。
BEIJING 2022
BEIJING 2022
PARALYMPIC GAMES
一起向未来
Together for a Shared Future
那在商业活动中需要使用怎么办呢？
在商业活动中使用奥林匹克知识产权要经过权利人授权。只有国际奥委会和北京冬奥组委的赞助商才可以在商业活动中使用哦，不是赞助企业是不能在商业活动中使用冬奥会会徽的！

7

包饺子神器

过年啦！家家张灯结彩，处处鞭炮声声，满天礼花朵朵，真热闹啊！

乐乐瞪着大大的眼睛望着窗外夜空中的烟花：它们有的像璀璨的流星，一簇簇冲上天空，又慢慢从夜空中坠落；有的像变幻莫测的万花筒，每一发烟花都各不相同，有的像蘑菇、有的像菊花、有的又像牡丹；还有的像仙女散花，千姿百态、炫彩夺目。一朵大花眨眼间化作无数朵小花，把夜幕点缀得五彩缤纷，看得乐乐眼花缭乱。

“爸爸，我想出去放烟花！”乐乐拽着爸爸的衣角使劲儿地摇着，他早就迫不及待地想放烟花了。

“爸爸还要包饺子呢！”爸爸一边和面一边说道。

“可是我就想放烟花嘛……”乐乐撅着嘴撒起娇来。

妈妈说道：“乐乐，爸爸陪你放烟花，就没人帮妈妈包饺子了！”

乐乐连忙说道：“妈妈，等我和爸爸放完烟花回来，我们一起包饺子！”

妈妈“噗嗤”一声笑了出来：“你也能包？”

“嗯！看起来很简单啊！”乐乐自信地应道。

“包饺子的确很简单，爸爸可以教你，你这么积极主动地帮忙干活，值得表扬，那咱们就先出去放烟花吧！”

“太好啦！”乐乐兴奋地跳了起来，用最快的速度穿上了厚厚的新衣服，和爸爸下楼放烟花啦。

美丽的烟花稍纵即逝，不一会儿的工夫，乐乐拿下去的烟花就都放完了。

烟花虽美，可留在空中的雾气刺鼻，清洁工在马路边清扫着放烟花后留下的垃圾。乐乐心想：等我长大了，一定要发明一种不污染空气和环境的烟花！让它既美观，又环保！

回到家，爸爸说道：“放完烟花了，快实现你的诺言吧！快帮妈妈包饺子！”

乐乐把手洗干净，撸起袖子，准备包饺子啦！他看到妈妈熟练地包着饺子，把肉馅放在饺子皮里，再轻松一捏，一个饺子就包好了。心想：“这有什么难的，看我的吧！”

于是，乐乐拿起一张饺子皮，把肉馅夹放在饺子皮上，然后轻轻一捏，乐乐得意地想道：“我真是自学成才呀！”谁知捏的时候，肉馅全都挤了出来，弄得乐乐满手是油。“哎呀，肉馅放多了！”妈妈说道，“要少放一点才对！”妈妈换了一张饺子皮，把适量的肉馅放在饺子皮上，“喏，包吧！肉馅给你放好了。”乐乐小心翼翼地用一只手托着放好肉馅的饺子皮，另一只手开始轻轻地捏饺子。“好啦！”乐乐刚把这个饺子放在桌子上，饺子皮就全散开了，露出了肉馅。妈妈说：“捏得太轻啦，我来吧！”乐乐只好又换一张饺子皮。吸取上次的教训，乐乐这回用力地捏，由于力气太大了，饺子皮破了一个洞，肉馅像小虫子一样从洞里露了出来！饺子就像不听话的小孩儿一样和乐乐作对，把乐乐气坏了！他灵机一动，拿了两张饺子皮，在一张饺子皮上放好肉馅，把另一张饺子皮盖在上面，再用手把上下两张饺子皮捏在一起，一个圆形的饺子诞生啦！这回，饺子的肉馅不多不少，饺子皮包得严严实实，没有露馅了。他把这个饺子放在桌子上，引得妈妈爸爸大笑。“哈哈哈！你这包的是饺子吗？”爸爸笑道，“哪有长成这形状的饺子啊！”

乐乐唉声叹气道：“哎呀！包饺子实在太难啦！”

“来吧，还是爸爸教你吧！”爸爸说道，“很多事看起来很简单，但做起来还是有一定难度的，要虚心学习哦！”

爸爸一步一步地教乐乐包饺子，乐乐在学习的过程中还反复看着妈妈爸爸包饺子的动作，他左手将饺子皮托在手心，右手用勺子弄了一点肉馅，然后两只手一起捏合，在饺子皮边缘压出褶皱，一个饱满又漂亮的饺子包好啦！

妈妈鼓励道："乐乐学得真快！能帮妈妈干活了！"

"爸爸，你在干什么？"学会了包饺子，乐乐的目光又转移到了爸爸身上。

"我在擀饺子皮啊！"

"擀饺子皮？我也要学！"乐乐积极性十足。

"这个太难了，你学不会的！"爸爸摇摇头说道。

"包饺子我都学会了，擀皮也一定能学会！"乐乐夺过爸爸手中的擀面杖，开始擀饺子皮。他想模仿爸爸的样子，右手搓着擀面杖，左手拿着小面团一直转圈，可左右手总是不协调，右手搓擀面杖的时候，左手就不会动了，左手提饺子皮转圈的时候，右手又不会动了，急得乐乐干脆用两只手一起搓擀面杖，还没搓几下，他的小手掌就开始发疼、发痒。折腾一会儿后，乐乐终于发出了求救声："爸爸，还是教教我吧！"

"像这样……"爸爸一边说着，一边为乐乐演示，"我们要先拿起一个小面团，用手把它压一下，压扁就可以了，这样有利于我们擀饺子皮。右手拿擀面杖压着面皮的一大半，然后上下转动擀面杖，用左手拿着没有被擀面杖压着的饺子皮一直转。记住哦，用力要均匀、转速也要均匀，这样擀出的饺子皮才圆哦！”

“爸爸，你的手掌不疼吗？”

“时间长了是有点儿疼，不过呢，习惯就好了！干活嘛，哪有轻松的！”

于是，乐乐又开始练习，过了一小会儿，他的肩膀也酸了。乐乐心里暗暗地想：搓擀面杖可真麻烦，不但难度大，而且很累，时间长了，手掌还很疼，我一定要想个办法，可以轻松擀出饺子皮！

第二天，乐乐跟妈妈爸爸去爷爷奶奶家拜年。

乐乐还没走到爷爷家，爷爷奶奶就已经在门口等候了。乐乐飞奔过去，远远地喊道：“爷爷、奶奶，我来给你们拜年了！”爷爷奶奶呵呵地笑个不停。

进了家门，他们就给乐乐拿了很多好吃的东西，有水果、糖、花生、瓜子……乐乐一边吃，爷爷一边问：“乐乐，今年学习有没有进步呀？”乐乐自豪地说：“当然啦，今年我考了全班第三名呢！”爷爷开心地哈哈大笑，“乐乐真厉害，又聪明又懂事，继续努力！”

拉磨为什么要蒙上眼睛？

乐乐在爷爷家转来转去，一间杂货房引起

了他的注意，里面好像有声音。他蹑手蹑脚地走近一看，原来是一头驴被蒙上了眼睛，正拉着“滚轴”一圈一圈地走！这时，正好奶奶走了过来。

“奶奶，它在干什么？”乐乐指着驴说道。

“它在拉磨啊！”

“拉磨？”乐乐看到驴拉着磨盘上面的滚轴，把放在磨盘上的东西碾碎。

“为什么要蒙着眼睛呢？”

“驴一圈一圈地转，怕它会晕；还有一个原因，就是怕它会偷吃食物！”奶奶笑着说道，“有驴拉磨，省了不少人的力气呢！”

“是啊，这个好！”乐乐仔细盯着磨盘上面的滚轴看，“咦？这个滚轴，怎么有点像……”乐乐使劲儿想着这个滚轴像什么，一时间却怎么也想不起来，他皱着眉挠脑袋。

“乐乐，想什么呢？走了，进屋包饺子啦！”奶奶拍拍乐乐的肩膀。

“哎呀！我想起来啦！像一个巨大的擀面杖！”一听到包饺子，乐乐突然间茅塞顿开，脱口而出。

“什么？巨大的擀面杖？”奶奶笑道，“你的小脑瓜每天都在想些什么呀？”

“奶奶，我想到可以轻松包饺子的办法了！”乐乐兴奋地大声说道。

“用什么呀？用磨盘吗？”奶奶开玩笑道。

“是……哎？不是、不是！”乐乐急得语无伦次了。

“怎么啦？”爸爸闻声赶来。

乐乐指着磨盘上面的滚轴说道：“爸爸，擀面杖就像这个滚轴一样，如果我们把一端固定住，另一端做一个灵活的轴，它就可以成半圆弧形来回滚动了！这样，手掌就可以不按在擀面杖上来回搓了，只需要轻轻滑动这个轴就可以了！”

“哇，这个想法很好啊！看来，每一次来爷爷奶奶家都能有所收获哦！”爸爸笑道。

想到了！

乐乐的想法

包饺子神器

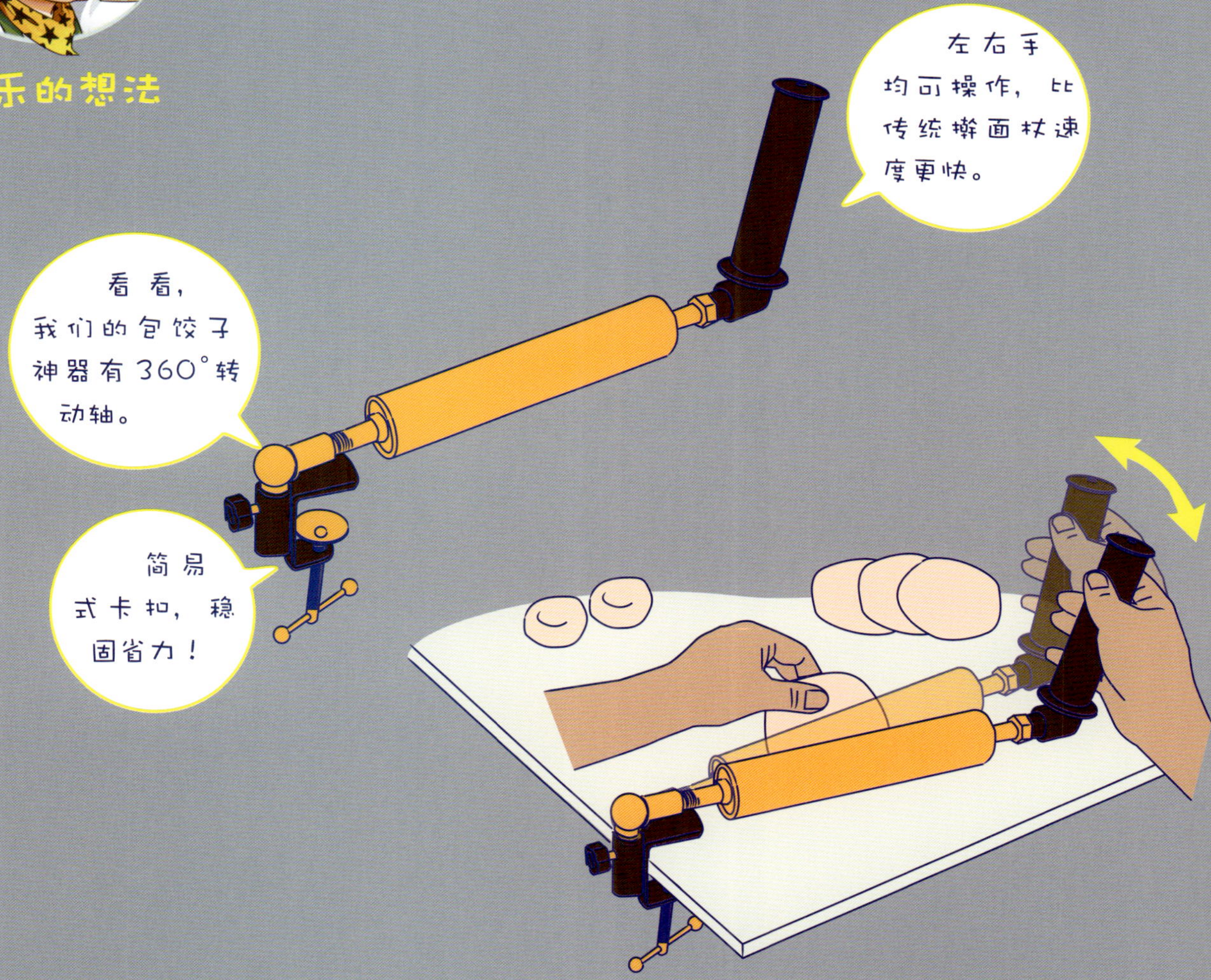

“我们快申请专利吧！”乐乐迫不及待地说道。

“哎呀，我查了一下，这个好主意早就被别人想到了，已经有人申请了专利！”爸爸说道。

“啊？”乐乐泄气了，嘟着小嘴。

奶奶看着乐乐的样子鼓励道：“乐乐，别气馁。你看，你每次来奶奶家都会想出这么多小发明，那就多来奶奶家玩，一定还会有更多好想法的！”

乐乐的眼前一亮，笑道：“好的，我一定常来！”

“哈哈哈……”一家人的爽朗笑声和鞭炮声融合在了一起，热闹非凡。

结束

The end

冬残奥比赛项目：单板滑雪

北京冬奥会场馆介绍

❋ 北京赛区的场馆有国家游泳中心、国家体育场、五棵松体育中心、首都体育馆、国家速滑馆、首钢滑雪大跳台、国家体育馆；延庆赛区的场馆有国家高山滑雪中心、国家雪车雪橇中心；张家口赛区的场馆有国家跳台滑雪中心、国家越野滑雪中心、国家冬季两项中心、云顶滑雪公园。此外，还有北京冬奥村、北京赛区颁奖广场、延庆冬奥村、山地新闻中心这些非竞赛场馆，所有新建场馆都将满足国际绿色建筑评价认证LEED标准。

冬奥比赛项目：单板滑雪

奥运与知识产权

专利权

一个月后，冰墩墩在网上看到有网站在销售包饺子神器，生产公司为B公司。

知识产权法院判决认定B公司侵犯包饺子神器发明者的专利权，要求停止侵权行为，赔偿发明者经济损失并支付原告相关费用。

我也会发明

8

从水中“钻”出来的广告创意

转眼间，漫长的寒假已经过去一半了。寒风凛冽，路上的行人都裹得严严实实的，他们戴上了帽子，把手塞进衣服兜里，把鼻子和嘴藏在围巾里，顶着寒风疾步前行，就连鞋底也被冻硬了，走在地上“铛铛”响。小朋友们都在家热乎乎地烤着暖气，哪也不能去。这可憋坏了淘气又爱玩耍的乐乐。

乐乐一会儿跑到前阳台去看一看光秃秃的花园，一会儿又跑到后阳台瞧一瞧楼下干涸的水池，不由得皱了皱眉：“哎，春天什么时候才能来呀！春天来了就可以下楼玩儿了！”

“在屋里来回跑什么啊，想出去玩儿了？”妈妈对乐乐说道。

“是啊，我都好久没有出门了，冬天真不好，好玩儿的地方太少啦！”乐乐指了指他的寒假作业说道：“看，我的寒假作业都写完啦，好想出去玩儿啊！”

妈妈的眼睛一闪，笑着说道：“是吗？寒假作业都写完啦？写得好快！”妈妈一边翻看着乐乐的作业，一边说道，“嗯，写得不错，字迹整齐，得奖励你一下！妈妈给你报一个冬令营吧！”

“冬令营？”乐乐的眼睛闪烁着光芒，“那是什么？我以前都没有参加过！”

“我这几天刚刚在王老师微信朋友圈里看到的分享，你们学校组织了冬令营，你可以和其他小朋友一起出去玩，去看冬季捕鱼！”妈妈一边翻着手机，一边说道，“嗯，就在下周！怎么样，想去吗？”

乐乐听到可以和小朋友们一起出去玩，还能看捕鱼，高兴地拍着手蹦了起来：“当然想去！太棒啦！终于可以出去玩啦！”

小朋友们一起去看冬捕的日子到了，大家排好队，坐上了大巴车。

“小朋友们，一会儿我们就要到圣水湖去看冬捕了，圣水湖的冬捕可有上千年的历史呢！大家看冬捕的时候一定要留意细节哦，看看鱼儿是怎样从厚厚的冰层下面被捕上来的！”王老师继续说道，“同时呢，我们这次冬令营的主题是‘寻找身边的创意’，在整个行程中，请大家开动脑筋，看看你们能不能有别人想不到的创意！我们最后来比一比，谁的创意最好哦！”

“老师，什么是创意呀？”大白一边吃着零食一边问道。

“哈哈，创意很抽象，简单地说，就是你小脑瓜中的创新和创造意识！”王老师解释道。

“那小发明算不算创意呢？”彤彤问道。

“当然算啦！能有小发明是再好不过啦！不过，若想不出小发明也没关系哦，只要大家积极思考，解决身边的小问题，或是有新的发现，都算是好的创意！大家听明白了吗？”

“听明白啦！”小朋友们异口同声地回答。

大巴车在宽阔的道路上前进，窗外是一望无际的平原。皑皑白雪像厚厚的被子一样，盖在了这片沃土上，等待着春天，化成甘露，滋润新的生命。

“大家都渴了吧？老师给你们发矿泉水！”王老师从矿泉水箱里面拿出矿泉水递到每一位小朋友的手中。

终于到达目的地啦！小朋友们戴好了帽子、围巾、手套，蹦蹦跳跳地下车了。

下车后，乐乐抬头一看，前方有一块电子屏，屏幕上的字一个一个地滚动播出：“欢迎来参加圣水湖捕鱼节！”

“请大家排好队，一会儿大家要注意，不要在冰上打闹、追逐，也不要随地乱扔垃圾哦！”王老师嘱咐道。

小朋友们排好队，裹着厚厚的衣服，像小企鹅一样摇摇摆摆地走向圣水湖的捕鱼地点，观看捕鱼盛况。

大白一边走，一边吃着零食。“大白，不要再吃了，小心把凉风吃到肚子里，又该闹肚子了！”彤彤对大白说。“哦，我还有一口就吃完啦！闹肚子不怕，就是有点……”“有点什么？”彤彤问道。“这里的风太凉了，有点冻牙齿和舌头！现在我的舌头都麻了，牙齿也像冰一样。”说着，大白将食品袋对着自己的嘴，将剩下的三分之一的零食全都倒进了嘴里。他一边用力地咀嚼着，一边四处寻觅垃圾桶。终于，他在前方不远处看到一个垃圾桶，就快速地跑过去丢垃圾。正当他即将接近垃圾桶时，谁知脚下有一块结冻的冰面，大白一不小心就仰面向后滑倒了！他摔下去的同时，脚向前一伸，将垃圾桶也踢倒了！垃圾桶里的

垃圾散落一地。“哎哟！疼死我了，疼死我了！”大白呻吟着，看到散落一地的垃圾，感觉屁股疼得更厉害了。

“大白，你没事吧？”王老师和同学们闻声赶到大白旁边。“没事……”大白揉着屁股说道。

“你先起来，我们帮你捡垃圾！”王老师和乐乐将大白扶了起来，小朋友们纷纷凑上前去将垃圾桶摆正，把垃圾重新扔进垃圾桶中。人多力量大，没一会儿的工夫，垃圾就捡干净了。

“谢谢大家！”看到大家都纷纷帮忙，大白的心里非常感动。

王老师带领小朋友们来到了冬捕的现场。激动人心的冬捕就要开始啦！乐乐和其他小朋友们一样，瞪着圆圆的大眼睛，仔细地看着捕鱼的每一个细节。

首先，渔工伯伯在事先选好的捕鱼点打一个下网口，然后从下网口出发，每隔 15 米打出一个冰洞；与此同时，渔网也从下网口放入水下，冰下组网工作正式开始啦！在水中，渔网是立着的，上部靠浮漂的浮力紧贴冰层，下部靠网坠的重力拖向湖底，将鱼群全部收入网中。最终，通过下网口两边凿出的

200 多个冰洞，渔网连成一个弧形，在下网口直线距离 1000 米的出网口，再连出一个更大的绞盘，依靠转动绞盘的动力，将整个渔网慢慢拉出。

小朋友们看到活蹦乱跳的鱼儿从冰洞中被渔网拉出来的时候兴奋极了，“哇！好大的鱼呀！”“看！这只更大！”“这只才是超级大！”小朋友们七嘴八舌地说着。只有乐乐在一边安静地瞪着大眼睛看着，好像在思考什么。

乐乐看着渔网慢慢拉出，总感觉缺了点什么。“鱼儿活蹦乱跳的，真抓人眼球、引人注目啊！”乐乐不由得自言自语。突然，他想到了刚刚看到的滚动字幕，“像滚动字幕一样！在最抓人眼球、引人注目的时候，来句……广告是最好不过的啦！这算不算是创意呢？”乐乐将这个好主意放在了心里。

参观完捕鱼节之后，王老师带着小朋友们吃了一顿全鱼宴，小朋友们津津有味地吃着香喷喷的鱼。

吃完“大餐”后，王老师带领小朋友们回到了大巴车上。

“你拿错啦，这是我的矿泉水！”“不，那个才是你的，这个是我的！”“是我的！”由于上车后，有的小朋友坐错了位置，所以矿泉水瓶也拿错了，他们争执了起来。

“好啦，大家别争了。我给你们两个发新的矿泉水吧！”王老师说道。

“小朋友们，我们这次冬令营的主题是什么呢？”王老师提出了问题。

“寻找身边的创意！”乐乐抢着答道。

“那有什么好的创意呢？大家踊跃发言吧！咱们看看谁最聪明！”

“老师！我想到了一个！”一个声音从后面的座位传来。

王老师的眼睛一亮，说道：“大白，你来说说，你有什么好的创意呢？”

寻找身边的创意！

“嗯……大家都知道，今天我因为贪吃，在扔垃圾的时候，一不小心摔倒了……还把垃圾桶给踢翻了。”说到此事，大白很害羞，他继续说，“非常感谢同学们能帮我把垃圾收拾好。那时我就在想，我要发明一个不会倒的垃圾桶！

于是，我就想到了我们家的不倒翁，无论我怎样推它，它都不会倒。所以……我想发明一个不倒翁垃圾桶！原理就和不倒翁一样！”

“大白，太棒啦！”小朋友们都为大白鼓掌。

“王老师，我也有一个好的创意！”彤彤说道。

“彤彤，你也来为大家说说吧！”王老师鼓励道。

“刚才，美琪和心心的矿泉水瓶弄混了，我想发明一种矿泉水的外皮，上面印上十二个生肖，这样大家就能记住自己的矿泉水瓶是哪个啦！”彤彤说道。

“人多的时候就不行啦！要是有一百个人，十二个生肖也有重复的！”壮壮提出了疑问。

“王老师，我有更好的办法！”美琪说道，“刚刚彤彤说要发明一种矿泉水外皮启发了我。我突然想到了以前玩过的刮刮乐，就是在矿泉水的外皮上面再印一个刮刮乐的涂层，这样我们自己喜欢在上面标出什么样的记号，就可以用指甲刮出什么样的记号，刮上自己的名字也行，这样就不会混啦！”

“这个办法好！”“是啊，这样就不会混了！”大家纷纷说道。

“哎呀，同学们实在是太聪明啦！老师都想不出这么多办法呢！”王老师欣慰地说道，“我们再看看，还有没有聪明的小脑瓜啦？”王老师用目光寻觅着智慧的“火花”。

“我还有创意！”乐乐酝酿了半天，终于发言啦。

“好啊，聪明的乐乐，你来说说吧！”王老师说道。

智慧的“火花”

乐乐的想法

渔网上的广告创意

我看渔工伯伯们在收网的时候，网是从冰洞里拉出来的，这给我一种神秘的感觉，就是不知道这个网还有多长，究竟能从黑乎乎的冰洞里拉出多少活蹦乱跳的鱼。我看到大家所有的注意力都集中在活蹦乱跳的大鱼上。

我就在想，要是能在渔网上挂出一排字就好啦，这个慢慢往出拉的网就像我们在圣水湖门口看到的电子滚动屏幕一样，一个字一个字地出现，总是让大家期待下一个字是什么，这要是能做上广告，该多么吸引人的眼球呀！

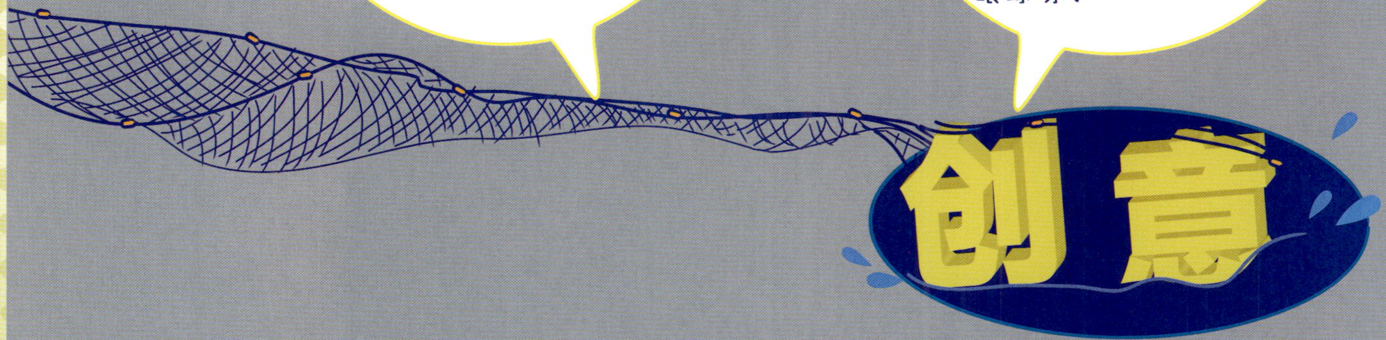

我也会发明

小朋友们安静地听着，心中暗暗佩服乐乐的创意实在是太好啦！

“没想到乐乐还能想出这么好的创意呀！哈哈，这个创意要是被哪个广告公司采纳了，相信观众们一定会对这个广告留下非常深刻的印象！”王老师开心地说道，“大家都太聪明啦！相信这次冬令营能让大家有所收获！你们的创意都非常好，但是也都有很多不足之处。比如大白的“不倒翁垃圾桶”，垃圾快满的时候，被人碰一下，上层的垃圾还是会撒出来；乐乐广告创意的可操作性到底有多强呢？这都需要大家进一步思考。相信聪明的你们，一定会想出更好的办法！”

加油！

结束

The end

北京赛区新建的竞赛场馆

❋ 国家速滑馆是北京赛区新建的竞赛场馆，也称为大道速滑馆、“冰丝带”（冰墩墩头部外壳装饰的彩色光环灵感就是取自“冰丝带”），与“鸟巢”“水立方”共同组成“双奥”之城的标志性建筑群。国家速滑馆是利用 2008 年北京奥运会曲棍球和射箭的临时场地进行建设的，它是冬奥历史上第一个使用二氧化碳作为制冷剂的速滑场馆，将承担速度滑冰项目的比赛。比赛之后，这里将成为中国运动员冬奥会冰上项目永久性训练场地，并成为北京四季不间断运营的冰上中心。

冬奥比赛项目：花样滑冰

奥运与知识产权

奥林匹克标志

根据《奥林匹克标志保护条例》有关规定，奥林匹克五环图案标志、奥林匹克旗、奥林匹克格言、“奥林匹克、奥林匹亚、奥运、奥运会”等中英文名词及奥林匹克会歌都属于奥林匹克标志。任何个人和市场主体未经权利人许可都不能为商业目的使用奥林匹克标志。